KB120804

감출 때 가장 빛나는 흰빛처럼

시작시인선 0390 감출 때 가장 빛나는 흰빛처럼

1판 1쇄 펴낸날 2021년 9월 15일
지은이 윤경예
펴낸이 이재무
책임편집 박은정
편집디자인 민성돈, 장덕진
펴낸곳 (주)천년의시작
등록번호 제301-2012-033호
등록일자 2006년 1월 10일
주소 (03132) 서울시 종로구 삼일대로32길 36 운현신화타워 502호
전화 02-723-8668
팩스 02-723-8630
홈페이지 www.poempoem.com
이메일 poemsijak@hanmail.net

ISBN 978-89-6021-580-1 04810
978-89-6021-069-1 04810(세트)

값 10,000원

감출 때 가장 빛나는 흰빛처럼

윤경예

천년의 시작

시인의 말

섞일수록 환한
흩어짐으로 낱낱이 드러내는
빛 혹은 아름다운 속임수,

그것이 무엇이건 받아친 다음엔 돌아와야 한다

헛디뎠을지라도
온몸으로 기꺼이 웃으며

2021년 9월
윤경예

차 례

제2부

제3부

제4부

해 설

제1부

개기일식

얘야,
목에 걸린 이것 좀 꺼내 다오
먹물 같기도 하고
이슬 같은 것이 비치는구나

어머니, 그만 좀 움직이세요
자꾸 털이 날리잖아요

얘야, 털이 아니란다
물벗꽃으로 된 내 몸이
잠시 바람으로
낮과 밤을 돌리는 거란다

어머니, 주삿바늘 꽂힌 자리만
벌써 아홉 개인 걸요
더는 심줄이 보이지 않아요

얘야, 나는 지금
한 줄기 빛으로 놀아가는 거란다
이젠 찾지 말거라

마상청앵도*

봄볕이 내 곁을 막 지나가고 있을 때였죠

봄은 텅텅 채워진 고백인가 봐요
저 고백이라는 꾀꼬리
산과 들과 강을 건너와 있었죠

수양버들 앞에서
황금빛을 닮은 노래를 슬몃슬몃 내보였죠
작은 울음이 가지가 되고 잎이 되고
그늘이 되었죠 산길이 흐르고 있었죠

나는 말고삐 잡은 종놈이지만
내가 이 세계로 그림자를 끌고 나오기 전
명상을 하고 헛것을 그리는 화가였을라나
그것도 아니라면
노래와 울음이 섞인 길을 짜는 직조공이였을라나
아니지, 내가 봄빛을 물기 많게 이어 붙이는
꾀꼬리였겠죠

아까부터 버들가지에 눈길을 묶어 둔 것은

내가 그리다 만 말굽이 그만 꺾였기 때문인데요
햐, 뭣도 모르는 것들이
저 꾀꼬리가 봄날을 붙잡는다고 생각하나 봐요
히이잉, 말도 콧방귀를 날려 보내는 대낮이었죠

그때 내 몸의 봄이라는 것도
그냥 지나쳐 버리고 가는 말고삐라는 걸 알았죠
오늘은 뒤로 한 걸음씩 물러선 것들이
길가의 무덤에서 아지랑이를 일으켜 세우네요

* 마상청앵도: 김홍도의 《풍속도》 병풍 중 〈마상청앵도〉.

정원의 놀이

1.

나는 장미와 장마 사이에서 태어났습니다 구석이 구석을 키우듯 나는 장마를 잘라 꽃병에 꽂을 수도 있습니다 말도 안 되는 소리라고 여길 때 반뜩이는 나는 장미 가위가 되었습니다 한참 전에 시동 끈 옆집 악어의 입은 아직도 휘발유 냄새로 부글거립니다 소리가 지나간 자리는 반듯하지만 잔디와 흙의 경계는 뭉개져 있습니다 연못의 조약돌은 어디에 눈을 둬야 할지 몰라 자꾸 눈치만 맑아지는 중인데요 이 정원에서는 웃음도 울음도 한 장르로 묶어 둬야 할까 봐요

2.

우리 집 창은 돌이 튀어 풍경이 깨질까 봐 먹구름을 끌고 와 덮고 있습니다 오늘 아침 악어는 제 목뼈를 잃어버린 모양인데요, 정원이 악어를 물고 놓질 않습니다 이럴 때 누가 내 가윗날과 악어의 녹슨 이빨을 닦아 주면 좋을 텐데요, 가윗날엔 알이 나방으로 옮겨 붙고 있습니다 저 알과 나비를 잘라야 할까요?

3.

아무것도 하지 않은 날엔 정원이 나를 키웁니다 악어는

아까부터 양털 구름을 바라만 보고 있습니다 나는 삐딱하게 잘린 새소리를 다듬고 있었는데요, 다짜고짜 악어가 조용히 하라고 소리 지르네요 지금은 딴 세상, 낮잠 잘 시간이라는 거죠

4.

장미는 아직 내가 필요하다고 말합니다 나는 정원이 발명한 유일한 놀이니까요, 죽자고 가위만 내는데도 가끔 이기기도 하는 이상한 대목입니다 아무렴 어떻습니까 장미가 장미로 옮아가는 광경을 훔쳐볼 수만 있다면 기꺼이 나는 녹슬겠습니다

여자도汝自島 홍련

꼬막 캐는 여자 몸에서 자란다는 홍련이 있다
홍련의 꽃대 위에서 달의 언덕이 자랐다

빛보다 어둠에 먼저 가닿은 별자리로 왔다는
꼬막들, 아랫도리 다 젖는 것도 모른 채
달을 숨기고 꽃을 들키려고
여자도汝自島로 들어왔다고 한다

포말로 흩뿌려진 남편은 잊은 지 오래됐다고
그녀를 벗은 뻘배가 파도 쪽으로 머리를 둘 때
갯뻘 해안선은 눈부시게 깊어졌다

깊어진다는 것은 주름이 많다는 것이 아니다
꼬막 골처럼 눈을 슬쩍 감아 주는 것이다
오늘도 물길을 놔 버린 수평선처럼
서로 넘어뜨리며 한 몸으로 나아가는 것이다

꼬막 캐고 돌아온 자리, 개흙 뒤집어써도
밀물은 갯뻘 냄새마저 말갛게 씻어 준다
홍련 오는 동안, 추위가 발등을 뒤덮어도

뒤꿈치는 가벼워지고 발톱은 갈라지지 않았다

홍련이 피었다 진다 저 노을이
뻘에 빛을 처바르는 일
해안선을 친친 감고 나오는 큰 꼬막이 있다

홍은13구역의 오후

더 잘 짖을 개가 필요합니다
불천佛川 골목은 개소리를 놓고 개를 열어 놓고 갑니다
철사로 꿰매 놓은 흙냄새, 고무 다라이가 잘 보입니다

채송화 이빨 자국도
늦자란 가지의 보랏빛도 환합니다
매달려 있는 것에겐 꼭지가 있습니다

꼭지 없는 것들은 잘 움직입니다
이 골목은 꼭지는 없고
달아나지 않으니 목줄만 있네요

저 목줄을 쫓아가면 언제든 달아나는 물소리를 만납니다
물은 이제 개가 되지 못합니다
호기심만이 꽃씨를 물고 옵니다
그러나 담과 벼락의 믿음만큼
골목은 수시로 물소리를 부수고 개를 짖게 합니다

뭐가 됐든, 묶인 것은 다 그렇다고 봐야 합니다
목덜미에 피가 비치는 개

보도각 백불普渡閣 白佛은 언제 마를지 모를 불천을 핥고 있네요

저 개를 물고 홍은13구역은 사라질지 모릅니다
잠이 쏟아지는군요
채송화꽃 먼지 끼어도 부십니다
개 아닌 것들 일제히 입을 다물 듯
가지의 꼭지가 더 검게 윤나는 오후입니다

유작

오디나무, 붉고 푸른 핏줄이 공중이 됩니다
파도에 구르고 굴러 옥주沃州* 바람 벌판까지 와서야
겨우 뿌리를 내렸다고 합니다

오디나무,
고작해야 162센티미터, 34킬로그램
죽음과 씨름하는 일도 제 소관이라고 말합니다

그게 오디꽃으로 돌아가는 길이라면
피와 살이 그늘의 척추로 말라 가는 일이라면
잔고殘高 없는 몸이 처음 앉은 곳에서
위와 폐를 쓰다듬는 일도 아름답다고 우깁니다

오디의 눈빛이 묽고 가려운 정오입니다
깊이 들인 숨을 한꺼번에 토하듯
낮잠은 익어 떨어지고 있습니다
검게 빛나는 열 개의 발가락 사이로
여름은 녹고 있습니다

오디나무가 가진 꽃과 열매는 그녀의 유작입니다

꽃으로 돌아가는 길이 뚝뚝 떨어져 번지고 있습니다
한데 모여 있는 것은 까맣고 물컹한 여름이었습니다
뒤돌아보면, 그 속엔 홍방울새 울음만 우거져 있습니다

* 옥주沃州: 전라남도 진도의 다른 이름.

이 잡는 노승*

불경不敬이 불경佛經을 외듯
접힌 속세를 두드리듯
노송 그늘로 앉아 있는 여름,
노승 하나 솔기 안쪽을 뒤집고 있다

눈은 흐려져 귀만 밝고
머리는 청동거울이라 어둠마저 비추니
이(蝨)가 숨을 곳이라곤
푹 꺼진 저 겨드랑이밖에 없었을 것이다

턴다고 다 털릴 리 없는 생활,
첫 더듬이로 매듭짓는 안개와
몸을 던져 기낭 깊어진 새 떼로 떠 있다
몸뚱이뿐인 노승이 노송인지
그늘뿐인 노송이 노승인지 분간할 수가 없듯
해탈이란 몸에 붙은 먼지를 찾는 일 아닐까

세상에나, 저런 망측한 불경을 봤나
식솔까지 딸린 인슬人蝨이라니
혀를 내두르는 골짜기 물소리 산중을 일깨운다

>

체통으로도 못 가릴 것은 속사정인데
손 닿지 않아 더 가려운 세상은
몸 한번 시원하게 긁어 보고 싶어
가려움을 보여 준 것인지도 모를 일,
그때 발끝에 힘을 푼 것은 날씨밖에 없었다

* 조영석의 그림 〈이 잡는 노승〉.

좁교*를 듣는 밤

우린 샴인데 닮은 데라곤 없네요 엄마, 오늘은 두통이 몰려와 견딜 수가 없어요 산맥처럼 웅장한 뿔이 있었으면 좋겠어요 울음에 찢기지 않는 뿔이요 내 몸은 평지인데 나는 고산지대로 가는 것이 왜 이렇게 신날까요 어디 한번 말씀 좀 해 보세요

애야, 한때 우리는 지붕이 되는 것들을 부러워한 적 있단다 가만 네 발목을 만지는 관목의 잎을 보렴 그걸 뜯어 먹고 있으면 두통은 금세 가라앉는단다 세상에서 가장 약한 부분은 뇌가 아니라 발굽이란다 우리는 발굽을 위해 흙 목욕을 하고 절벽에 몸을 맡긴단다 산사의 종소리를 되새김질하며 들어 보렴 종소리도 산맥 앞에서는 돌아가는 법을 알고 있단다

엄마, 아빠는 어디 있나요? 저 절벽 밑에 있나요? 아니면 구름 위에 있나요?

애야, 우린 좁교의 밤을 지나왔단다 그래서 너는 아빠의 한쪽이 이끄는 데로 갈 뿐이란다 거기가 어디든 너의 지도

가 되는 거란다 네 몸이 곧 절벽이니, 이제 입을 다물 거라

* 좁교: 암컷 물소와 수컷 야크 사이에서 태어난 이종교배종.

깨를 볶는 집

뭐든 다 볶아야 하는 집, 여름이 무너진 자리를 볶고 있다
깨 볶는 집은 면사무소와 소방서 옆에 있다
컵라면에 물 붓다가 뛰쳐나가는 출동 벨 소리도 볶고
소방 헬기 프로펠러도 볶는다
산소마스크의 무기력도 볶는다
복지사와 독거노인이 상담하는 소리와
베트남 여인의 주민등록증의 인장도 볶인다

무쇠솥으로 하루를 볶는 노인
세상만사 따위는 걱정하지 않는다고 하였다
무엇인가 볶을 것이 있다면 들기름집으로 가자

노인은 어제 콩을 볶았고 둥굴레를 볶았고
지금은 깨를 볶는다
물기 말린 들깨 알들, 방아깨비처럼 튕겨 나간다
철거 독촉장과 수술비 걱정도 볶아 날려 버린다
자주 넘어져 울고 웃던 무릎도 바싹 볶아졌다
마른 깻단처럼 말개지는 것은 노인의 코가 아니라
배경이 된 풍경이다

>

오늘도 휘휘 반짝이는 소리들,
황토 뒤엎는 빗소리도 아니고
깨 벌레가 몸을 뒤척이는 소리도 아니다
무쇠솥이 새타령 부르고 있는 거다

깨꽃이 타닥타닥 저녁의 얼굴로 환해진다
바람, 한 줄기 툭툭 여러 갈래로 지나간다
너도 가고 나도 가고 그늘처럼 들이친다

빗소리와 흰 개

흰 개는 지금 비를 맞고 서 있지
가죽나무는 죽은 자리에 비를 가뒀지
개는 으르렁거림도 없이 그저 앞발을 모으고 있지
목줄 달아난 그림자만 생각하지

비는 계속 굵어지는데
개의 앞발엔 검정 흙이 튀었지
늑골엔 털이 빠져서 빗소리만이 고이지
담장 그늘
개가 짖었던 소리가 보이지
그동안 개가 짖었지만 담장은 아무 말도 듣지 못해서
개의 입 모양만을 기억했지

빗소리에 묶여 있는 건, 목소리를 잃어 가는
개의 두 시였지
분꽃이 뚝, 뚝 떨어지는 두 시였지

번개는
웅덩이 하늘을 감아 올라가고
무지개는 나뭇잎 스피커 뒤에서

나왔지

개와 빗소리에
잘려 나간 것은 계절의 간극이었지
하나같이 피해자만 있고
가해자는 없는 사건이었지
화재경보 울리는 오후 두 시였지

빗소리가 내리고 있다고 믿는 흰 개,
파리 떼 뒤집어쓰고, 죽어 가지
오후 두 시의 틈새에서 죽음의 주파수를 맞추지

윤사월경

해는 떴는데 어두워요
하나같이 제 발등만 보고 있으니까요
어두운 게 아니라 멀다면 이해 가능한 거리가 저승일까요
벌써 이해했다면 놀라 자빠질 일

어긋난 아버지의 허리뼈, 관 속에 그냥 두었어요
윤달(月)은 원래부터 없었던 것이니
끼워 넣어도 괜찮습니다만,

철심도 누군가의 마음인데 어디 궂은날만 있었겠어요
좋았던 기억 하나면 다 길한 시절, 그러니
그대로 두라는 쌍계사* 계곡의 물소리 들었어요
새 떼가 그림자를 대숲에 넘겨주듯이
구름 뒤에 달을 세워 두는 일이
윤사월경經이라 했어요

자빠지긴 해도 쓰러지진 않은 하나의 세계,
떠났다고 생각할 때 문득 돌아보게 되는 길,
방금 막 본 것도 같은데요 그러니 이승에서는

밥이나 먹고 가자고 하는 말이 들리네요

* 쌍계사: 전남 진도에 있는 사찰.

유리창 개구리

나는 떠밀려 나아가는 소리에 닿으려고
핏발 서는 눈알을 가지고 있어
불안조차 없는 알몸이면서 거울이기도 한, *유리창*

이미 이 세계를 엿본 거대한 티끌처럼
윤곽이 배경인 전신全身을 가지고 있어
멈출 때 가장 멀리 가는 파문을 눌러쓴

긴 목을 쳐든 물안개와
수백의 해를 떨어뜨린 산마루의 틈을 벌리고
피 냄새로 부화하는 얼굴이기도 한, *개구리*

하염없이 귀뚜라미가 지나가길 기다리는 밤
알 뭉치를 노리는 말벌은 그냥 두고 보는 낮
모두 가질 수는 없는 내가 누군지 몰라
꾸역꾸역 자라는 명관名貫

증식하는 취향을 해명하면 질문은 조금 덜 불안해질까?
때마침 깨지는
첫서리가 발과 등허리를 고루 적시고 있어

>

유리창을 벗을 수 없어 종내 무너질 피부가
개구리였나 봐
산산이 깨어나는 아가미처럼
훤히 내 몸을 꿰뚫는 것은 헛것들의 질서,
울음마저 구절초 아홉 처소를 지나가는 지금

구인 광고

큰물 다녀간 골목
'급 안마사 구함'
말라 간다 아니, 꿈틀거린다

환대는 몸 밖에 두었으므로
세상은 허물 하나 없음이 허물이므로
살과 뼈를 덮을 흙빛 한 줌 얻고자 했을 구인蚯蚓들,

떼죽음당하는 것쯤은 무서울 것 없다고
눈알 부라리고 있다
전단지로 따악, 붙어 있다

제2부

오후 세 시의 쏨장이*

연장 통 물갈퀴 달고 다니는 쏨장이 정비사들
바퀴와 부동액과 엔진오일을 바꾸고 있다
기름 냄새로 두꺼워지는 왼손잡이의 오후

"야 너도 기름밥 좀 먹어 볼래?"
반쯤 구겨진 종이컵이 눈을 흘길 때
우르르 몰려나온 어린 쏨장이들
성경 학교에서 준 물총을 쏘고 달아난다

뚫린 하늘 구멍에서 온 것이었을까?
설핏 날아오르는 것은 파문이었다
손에 물 한 방울 안 묻히고 가는 것은 세 시였다

* 쏨장이: 소금쟁이 위급한 상황의 말.

용접공에게 잠을 드릴게요

용접공의 가방엔 숱한 구멍 뚫린 작업복이 있다
무섭도록 조용한 선글라스도 있다
속눈썹 몇 개 떨어져 나와 테에 묻었다
용접공 눈물의 무게는 알 수 없었고
대신 벌겋게 달아오른 실핏줄만이
불꽃이 가닿는 철판의 노동을 일러 줬다

컨테이너 판을 용접하는 작업화,
사다리를 난간에 놓고 쇠를 밟는다
쇠와 쇠를 붙이는 일은 밤의 두께보다 한층 짙었다
서로 다른 성질을 다 읽는 순간까지
불꽃은 하나의 꽃무늬가 되어야 했다

단번에 자르거나 쇠를 붙이는 산소용접기,
까맣게 그을리는 것은 쇠가 아니라 그의 손등이었다
손등엔 점점이 찍힌 무늬 혹은 불이 지진 상처
성좌를 본 것 같았다
궤도를 이탈한 별똥별 같았다

오늘도 모든 준비는 끝났다, 컨테이너 처마에 붙이는 간

이 지붕,

　웡웡 터지는 불꽃의 꿈, 구름과 구름도 이어 붙일 기세다

　저 지평선 끝에는 장마전선을 붙이는 용접공이 있을 거다
　그렇다면 비는 그가 튕겨 놓은 물꽃이 아닌가
　밤새도록 꿈틀거리는 작업화의 눈이
　불꽃의 채도를 버리지 못했다
　눈물은 지금 사막을 건너고 있고
　잠은 길 위에 잠시 머무는 바람의 집을 찾는다

물소비

사부티 웅덩이에서 죽어 가는 여왕 물소
곡哭의 대형도 모르고 흙먼지 내려앉듯
피 냄새를 쫓아온 파리 떼같이 저녁을 끌고 왔다

사부티에는 비를 몰고 올 제비가 없으니
마른 웅덩이엔 물소의 뒷다리를 물고 늘어지는
코모도왕도마뱀이 있음을 누구도 알진 못했다

혀로 그림자 놀이하는 코모도왕도마뱀이 곁에 와도
눈곱으로 깊어진 여왕 물소 일어설 줄 모른다
동쪽에 머리 둔 신기루만이 저 콧등을 감아올린다는데
오늘 여왕은 무지개다리를 건너고 있는 걸까?

아침까지만 해도 진흙을 바르고 땅을 뒤엎는 일로
햇볕 냄새를 봉인하였던 것인데, 지금은
제 무릎 그림자에 뜯기고 있다

먹구름이 몰려올 때까지
죽음을 위한 기우제는 계속되어야만 한다고
코모도왕도마뱀이 심장을 뜯으며 운다

웅덩이 밑으로 번개가 튄다
발자국과 핏덩이가 고였다 풀어진다

옴팔로카퓸 나무를 등진 여왕 물소 때문에
바람에도 피가 돌기 시작한다
가젤과 쿠두와 기린도 귀를 지평선으로 돌린다
물소비, 긴긴 코모도왕도마뱀 주둥이를 씻긴다

자목련 수선집

자목련 골목 끝에는 수선집이 있네
달빛 꽃 문을 닫아걸고 있는 집,
하늘 문패만이 골목 그림자를 집어먹고 있네

자목련에서 늑대 짖는 소리
새어 나오는 밤
나비 무늬로 숨어든 달이 떠오르네

달은 꽃봉오리로 들어가 창문이 되고
한 생을 건너는 집의 수로를 열고
잎 없이 입술만 뾰족 내미는 지붕을 박음질하네

달의 어금니가 바늘이라는데,
수선하다 만 이불엔 불나비 꽃 나비
희고 붉은 날개들이 바늘 끝에서 꽃을 부르네

누가 봄밤을 고르게 펴 홈질하는가
이불 위로 웃자란 자목련엔 노루 발굽 모양이 찍혔네
탈탈탈 꽃으로 뛰어드는 노루들,
봄빛을 끌고 나오네

>

종일 재봉틀 돌아가는 집이
저 자목련 꽃에 숨어 있다지
번데기로 태어난 것들이 제 속옷을 지었네
봄밤이 심지 가진 꽃등을 당기네

일각

달 가려지는 밤길로 다니는 오소리
희끗희끗 취선臭腺이 가려워질 때
굴을 나서 보는 거야
발밑 간질이는 미동 따윈 관심 밖이라는 듯
광휘光輝는 발톱 때로 숨기면서

경사진 벌집을 좋아했지 나,
희고 검은 줄무늬로 끊어질 듯 이어 달렸지
사실 이건 달의 채밀기採蜜器야
탐한 한철로 사라지는 오소리감투였던 거야

백태 낀 눈에도 그 밤꽃 향은 얼마나 빛났던지
새벽을 파헤치며 시 쓰는 일로
더는 행간에 감출 수 없는
나는 또 오소리였던 거야

권력 앞에선 죽은 척하라고
시종일관 절벽까지 올라온 여름
세상이 송진 냄새로 울부짖을 때
해와 달에 꿀을 발라 깔아 보는 거야

>

오소리의 일각,

산 넘어 산,

용케도 꼬리뼈 근처에서

간질간질 부푸는 몽고반점,

목숨이 뜯길 때까지

나는 굴 밖으로 들어가 보는 거야

눈 큰 소록小鹿

노루 귀를 열고 오는 밤이 있다
죽은 내 어머니의 목소리가 있다
은결든 몸짓, 그것도 길이라고 기어코
움트는 자주감자의 눈이 있다

뭉그러진 화단의 얼굴
벽돌의 환영이 찍혀 있다
겉만 싱숭생숭한 나무 밑에서 썩은
모과 알은 촉촉하다
하나같이 떠 있는 섬으로 보인다

깨진 헬멧 씌워 놓은 자리 새살 움튼다
천성이 무른 것들 덮개라도 필요하다
어정거리다 갈바람도 피가 엷어진다
어머니에겐 녹 핀 호미라도 필요하다

그러나 손에 쥘 만한 것은 뜬구름뿐
뿌리를 놓고 나온 것들 화단을 적신다
몽글몽글 흙냄새를 피운다

>

노루 귀인지 노루 발자국인지
문득 나를 딛고 가는 밤이 있다
제 방귀 소리에 꼬리 야위는
눈 큰 소록小鹿의 밤이 있다

뿔이 붐비다

이중섭 화장실은 영동에 있다 고속도로에 있다

변기에는 앉지도 않았는데
수조 레버부터 당기는 늙은 소도 있다
달아날 코뚜레가 없어 피와 골격의 리듬은
가슴 환히 풀어헤치고* 서 있다
허니 조심하시라, 쇳물 고인 악몽이
아랫배 움켜쥐고 도리질 칠지도 모를 일

우리 집 소는 늘 새벽을 부수고 새 벽을 세우곤 하는데
여기선 옛 동지라도 만난 듯 오줌 찔끔 지리면서
초식의 삶을 떠올리기라도 했던 걸까?
사료만 먹고 산 지 오래되었는데도
끄으응 끄으응 고이는 냄새가 살가웠는지
아까부터 콧구멍 벌렁거리며 어쩔 줄 모른다

속도 위에서 뒷걸음치지 못하는 것은 생활이라는 뿔
시동을 끄고 담배 한 개비 피워 문 당신,
갈 때가 한참 지난 바퀴를 쿵쿵 차자
철근 밧줄이 뿔처럼 솟구치며 다른 뿔을 치받는다

깨진 이마에선 아직 핏물 흘러내리지만
내몰린 가장자리는 그깟 것 아무것도 아니라는 듯
바람 들이받지 않고 고개 꺾어 훈김을 내뱉는다

다시 운전대를 움켜잡는 당신,
해우소에 풀어 놓고 온 것은 대관령인데
나는 뿔이 봄눈처럼 붐비는 당신의 옆얼굴을 본다

* 이중섭의 시 「소의 말」에서 빌려 옴.

사과나무 전망

마흔여섯에 사과를 딴다고
장수에 처음 와 봤다고, 어깨를 드는 일이 오랜만이라고

일손 불러들인다는 게, 사과나무 찢어지는 재앙을 들였다
천둥 잉태한 꽃인 줄 알았는데
한곳에 뿌리 내린, 사과나무 전망이 좋았는데
손에 닥치는 대로 사과 알을 따서 바구니에 담았는데

실은 처음 해 보는 일이라고 했다

아버지가 심어 놓은 사과나무,
아버지의 눈알이 주렁주렁 달린 나무,
비바람을 견디다 번번이 공중을 놓친 사과나무,

사과 한 알 천둥 한 그루 흔들리다 못해 찢어진다
쫘악, 상처 하나 없이 사과나무 찢어진다
지평선 갈라진다 별 나비 구름 쪼개진다
아흔일곱 살의 사과나무 갈라진다
잇몸만 남은 나무 품고 세상에 나온 사과 한 알, 떨어진다

>

사다리도 연장도 없이 사과나무 산꼭대기에 오른다
입 밖으로 낼 수 없는 전망을, 사과 한 알을 그러쥐었다

사과나무를 죽였다 마흔여섯 살에 아버지를 죽였다
사과나무 아버지를 죽였다
내가 사과나무 위에서 절름발이였을 때
쨍강쨍강 쇳소리로 달궈지던 사과 한 알
불씨를 쥔 지느러미의 울음소리, 내 귀를 갉고 있었다

흰빛이 굴에 가까워질 때

토낀 노름꾼 그림자에서
토끼의 뒷다리를 보았소

까만 것과 흰 것만 보느라고
제 눈빛이 벌게지는 줄도 모르고
뿌옇게 일어선 담배 연기가
집이고 산이고 달이고

앞니처럼 화투를 긁는 운명이
닳아 빠질 만큼
토실토실 마른 몸을
대뜸 굴려 봤으나
아직 토끼가 되지 못한 노름꾼

달도 없는 밤
몸에 바른 흰빛이 굴에 가까워질 때
개털도 없어
더는 담보 잡힐 내장이 없어
빛이 꼬리를 물고 늘어지는데

>

날쌘 것과 날 샌 것은

토끼거나 토낀 것들인데

옆구리 한쪽에 산길 하나

콩팥 하나 없어

꼭 털 빠진 캘리포니아덤불토끼 같소

왕버들의 몸에는 내성천이 흐른다

왕버들,
막 태어난 아지랑이로 제 몸에 구멍을 낸다
구멍마다 푸른빛이 새어 나온다

왕버들의 새순,
흰 눈썹 선 파르르 번지는 원앙이라고 불러 볼까?
제가 꽃인 줄 모르는 부리에 걸리는 것은
노을이고
물살 엉겨 붙은 어스름이고
파문이 벗어 둔 소금쟁이다

저만치 한쪽 다리 들고 물결 뛰는 봄비를 짓이기는
부리가 있어
봄비는 물속에서도 썩지 않는다고 했다

물살 찢기는 소리에 몸을 웅크리는 왕버들
석잠石蠶 깨고 나온 날도래 강도래의 밤을 들여다본다
입속을 오가느라 단배 주린 날개를 생각한다
어둠이 자세를 낮출 때마다 치렁치렁 물안개로 뜬다

>

수면을 당긴다
작년의 깃털이 벗겨진다
초록 왕버들, 땅에 닿기 전인데 번진다
봄비,
발 바꿔 가면서 무지개 하나 놓고 간다

왕버들, 몸에는 내성천이 흐르고
푸른빛을 감고 사는 부리들이 재생되듯 날아온다

벽제동 산4-1번지

꼼짝 않고 털만 날린다
올무에 걸린 것은 개가 아니라 봄

여기엔
지킬 것이 있으므로
한낮 깜깜해지도록
눈에 불을 켠 발버둥이 있다

무덤과 무덤의 틈
들개 새끼는
죽은 자들의 이름 뒤에서
태어나고 있었다

미황사

해 속에 있는 미황사
동백나무 달마고도에 있다
윤슬이 밑도 끝도 없이 쏟아질 때
오도카니 벙어리 웃음 짓고 있다

터진 마음도 꿰맬 수 있는 미황사
목 떨어진 것들 눈썹도 붙여 준다지
절묘하게 조이고 풀어지는 반짇고리,
누가 살고 있을까?

나 미황사 들어 알았다
내 허리뼈에 핀이 몇 개 박혀 있는지
나사못이 얼마쯤 풀려 있는지를
박힌 것들이 녹슬어 가고 있어
내 그림자 삐걱거리고 있었나 보다

걸음을 멈춘, 내 몸속 미황사
금방 빠져나온 동백을
쓰윽 지우며 사라진다

마지막 백야

이 세계에서,
피 흘린 무릎을 쫓는 건 금기예요
백야는 널렸지만 쉽게 모습을 드러내진 않아요

곰으로 낮밤을 자르고 이어 붙이는 북극,
몸을 숨기기 좋은 곰을 찾아요
그때 사냥꾼은 총포를 닦고
마지막 백야를 데리고 와야 한다고
연거푸 담배를 물었죠

총포가 북극성의 그림자를 떨어뜨린다 해도
이젠 상관없어요
영구동토층을 그릴 수도 지울 수도 있는
곰이, 거기 있으니까요

앞이 캄캄해 무사했던 시절은 떠나고
빌어먹을 그 길엔, 눈보라가 몰려오고 있었지요
곰의 잠처럼요
그걸 벗겨 가는 것은
아무리 밤을 그려도 해가 지지 않는

봄의 아이였죠

아이와 함께 뒤통수만 가득한 세계로 가고 싶어요
이미 늦었단 말은 하지 마세요
누가 왔다 갔는지
곰은 소리조차 지웠는 걸요
그래서 더는 감추고 말 것도 없어요
나는 벌써 사라졌으니까요
감출 때 가장 빛나는 흰빛처럼

언덕이 말하네

몸에 좋다고 벼락을 들춰 봤다는 그 집,
벌 나비 떼로 꼬여 있는 언덕이 피어 있다
동상이 베어 먹은 발가락 하나 겨우 살려 놓은 것인데
대추나무는 꽃이라고 피워 놓은 것이
누런 좁쌀을 흩뿌려 놓고 있다

파장罷場 무렵에나 겨우 도착한
돗자린 아직 펼치지도 않았는데
여름은 말라비틀어진 노인을 대추꽃이라 부르면서
술찌개미로 시장기를 달래는 중이다

집도 노인도 벼락을 그늘처럼 끌어안고 잠들면
씨부터 단단해지려는 것들이
가다 서다 다시 가는 저 언덕을 키운다지
본 적 없어도 다 본 셈 치자고 손등에 번지는
검은 꽃잎들 노인의 눈썹이 희미해질 때
땀 냄새로 저 언덕을 지운다지

단지 꽃 보러 온 것만은 아니라고
늦게 온 검은 호박벌이 컹컹 지껄여도

아무도 엿듣지 못했으니

원래 죽음이란 손톱 끝부터

시작되는 것이라고 대추나무 언덕이 말하네

제3부

석류

이것은 구두
붉은 가죽 구두

이국의 시장 복판까지 어떻게 굴러왔을까?
불법과 합법의 경계에서 오른뺨 왼뺨마저 둥글다

제가 가진 가장 화려한 기술이 침묵이라 생각한다
이 구두엔 무수히 많은 실밥이 안쪽에 모여 있다
서로 다른 하루가 생기면 구두는 실금으로 빛난다

붉은 표정만 남기고 간 저것들을 뭐라 불러야 좋을까?
석류 트럭이 건기침을 알알이 뱉을 때
구름은 번개 구두를 신어 보려고 사납게 짖었을 테지
아직 빗소린 보이지 않았다

그러거나 말거나 숨만 붉어지는 석류들
난장도 질서라고 저걸 신고 뛰어야 하는 나비들
어느 행성의 여름을 찢고 여기까지 왔는가!
저 구두
쩍쩍 안쪽부터 갈라지고 있는데

오월 사리 혹은 풀치의 춤

나는 먼 데에서 와서 비늘이 긁혔다가 새로 돋는 정오의 바다를 봐요

심해의 어둠에 미끄러지는 걸 좋아하는 풀치들
아가미 내리그으며 쏟아지는 어둠 속에서
수평선으로 당겨졌다가 이내 물러서는 춤을 추고 있는지

당신은 그 춤을 오월 사리라고 이야기했지요

바다의 첫말을 꺼내기도 전
귓불 먼저 몽글해지는 소리 같았죠
검은 여로 와서 함께 덮은 웅숭깊은 별의 덮개였을까요?

가늘고 긴 당신의 숨소리처럼 봄빛 덜 빠진 바다
아직 두꺼운 낯을 가진 여름은 시작되지 않았죠
그래서 심해는 차고 깊고 해초들은 무섭게 자랐죠

어떤 쪽에서도 출항기를 쓰는 뱃고동 소린 들리지 않았죠
그러나 저 무수히 많은 오월 사리가 사라진다 해도
당신은 결코 저 춤을 건지는 일은 멈출 수 없다고

물이 살져 오른 포구에서 기어이 닻을 올리고 있었죠

심해 밑이 아가미 명당인 걸 당신은 어떻게 알았을까요
다순구미 볕을 괴고 있던 당신의 어깨가 들썩거릴 때
다 갯바닥에서 피어오르는 저 춤 때문에
머리 풀린 어스름이 해안가로 번져 온다고 했지요

심해는 비늘밖에 보이지 않아 심해라지요
나는 지금 뼛속까지 훤히 비추고도 남을 저 춤을 따라가요
내 몸이 짠 내 나는 파도임을 아는 난 풀치이니까요

둥근 밀약

정황과 근황은 몰라도 나는 사과의 밀약은 안다
뒤뚱, 반은 소화되고 반은 소화되지 않아 열린 공중
나는 사과를 기다리고 기다린다
사과가 살아 움직이는 이 모든 순간 속에서

사과는 고개를 처박고 걸을 수도 뛸 수도 없으니 끊임없이 묶일 수도 묶을 수도 없으니 꼭짓점 하나 키우고 있는, 이것은 다소 역설적인 동물이다

사과의 밀약은 도착하지 않고도 도착한다 슬쩍 닿았을 뿐인데 쉽게 갈변된다 마치 왕사마귀의 포장술처럼

그때 브레이크 대신 액셀을 밟은 나를 관류한 것은 공복이다 깨지는 순간 흉기가 되는

사과는 활강 중이다
흔들리면서 이해되는 꼭짓점
사과는 사과를 소묘한다
포장이 표정이 되는 가장 흥미로운 사과의 접근법을 나는 안다

>

사과나무의 반경엔 사과밖에 없다
노을이 내 미간을 쩍 갈라놓는다
무엇이 사과를 사과답게 길들이는가
입과 발은 감추면서 뒤뚱,
외떨어져 가장 은밀한 곳
발끝이 들린다

단오 전날

눈썹만 길게 자란 저녁으로 나는 깊어집니다

코청 뚫린 자리, 노간주나무 줄기가 자라지만
상처는 아직 침과 콧김과 피로 뭉쳐 있습니다
신음新音이 되지 못해 촉을 세운 말귀만이
헛간을 넘어 달빛 걸린 처마 끝을 지나고 있습니다

상처는 눕기 위해 몸속에 감춰 둔 바깥입니다
귀에 닿기도 전에 넘치는 울렁거림입니다

길들이다 보면 상처에도 길이 날까요?
그 길에서 잠시 쉬어 가는 당신이 보일까요?

우리는 콧김으로 천지를 부리는 짐승입니다
노간주나무에 몸을 숨긴 예민한 악기입니다
하여 고통은 덜어 줄 게 못 돼
서둘러 지나쳐 간다고 생각합니다

우슬이란 말은 영원히 죽지 않으려고
성한 곳 없는 무릎으로 자란다고 합니다

오늘은 별자리 깨나 더디 스칠 것만 같습니다

어린 몸 두고 큰 몸으로 갑니다
뿔이 오릅니다
물이 바뀝니다
힘줄 두꺼워집니다

공터의 비밀 병기

혼자면 어때?
이중창과 철망도 없는데
빨주노초파남보는
비 그치는 오후에나 볼 수 있어

나의 손목은 동그스름하지
날씨를 그려 줄까?
순서 따위가 무슨 상관이겠어

시작은 봄이 아니야
겨울이야
풀꽃은 신발 한 짝을 떨어뜨린다고
사실 발을 잃어버리는 거지

너 공터의 번식력에 대해 들어 본 적 있어?
한 가지 분명한 건
같이 출발한다고 같이 도착하진 않아
그러니 엄살 피우지 마
봐 주는 건 발톱이 전부인 비둘기뿐이야

네 마음을 오리려고 공터는

또 가위를 집어 들지만
고양이는 냉장고를 앞세우고
문짝도 없는 인질극에 빠져 있어
버려진 것들이 너를 공처럼 차고 있어

어린 소녀가 절박한 남자로 위조될 때처럼
어둠은 꽃잎 따는 밤의 아가리를 흉내 내지
그래 봤자 튀어 오를 일 없는 결말,
그때 난 공터의 이야기가 될 테야 풀씨니까

아무것도 아닌 선과 면에서
불쑥 나타나는 초록 구호,
진드기 벌레가 가득하니까
가까이하지 마
풀은 친절할수록
독을 여럿 품고 있다는 거야
풀쐐기 아닐까?
나를 세워 두지 마
위험하단 말은 적어도 지금까진 안전하단 거잖아

듣고 있는 거야?

가을의 하오, 과전청와*

번진다,
쇠비름 날숨과 패랭이 들숨이
나비를 잡아당기듯
옮겨 붙는다, 초록으로
초록이 소용돌이치듯
스스럼없이 붓끝 들고나는
여백은 향기로 팽팽해진다

저 자객, 두꺼비 그늘
우둘투둘하게 넉넉하다
스프링 달린 혀를 숨겨 놓듯
꽃술 두리번거리는 붉고 노란 바람의 숨결

단지 빛이 그린 그림으로
갈마드는 건
띠룩, 눈알 한번 굴리는 순간일까?

열어질 줄 모르는
저 수작,
일 획,

한 상 차림, 저렇게 미몽을 접었다 편다

* 과전청와: 겸제 정선의 초충도 〈과전청와〉 오이밭의 개구리.

좋은 배경

고사목 앞에서 가족사진을 찍는다
매미 허물 붙어 있는 오후 5시
크렁크렁 앓던 불꽃이 터지기 시작한다
여기선 그걸 노을이라 부르기로 한다

귀먹은 노모와
고목 앞에서 핏대 켜는 잎사귀들
한숨으로 일제히 초점을 거둬들인다

고목밖에 없어 하찮은 풍경이었는데
관자놀이 눌리는 5시가 되니
하늘 귀퉁이에는 잠자리 떼
그늘진 고목 뒤편을 붓질하는 호박 넝쿨
한쪽으로 기운 가족이 모여 있다
뇌출혈로 덧칠된 풍광이 산책하듯 손을 모은다

고사목을 살게 한 벼락
셔터로 눌릴 때
삐까뻔쩍,
제 모가지 꺾으며 저녁은 왔다

귀뚜라미 목젖도 젖어 있었다
급소를 찔린 듯
한꺼번에 터지는 환한 비명

아주 좋은 배경이다

첫 문장

이것은 나무가 아니라 길입니다 초록의 속도를 너무 믿진 마세요

끝이 동동 들린 산모퉁이, 제비꽃은 하나같이 비탈입니다
잎 없이 나무로 통하는 아침을 여기선 여행이라 사칭하더군요

누구나 들어올 수 있는데 누구도 들어오지 않는, 우리는 문을 걸어 잠그고 연두와 함께 국경을 통과하는 중입니다

새소리를 기다리진 마세요 애당초 둥지는 도망갈 생각으로 깨어나니까요
살고 싶은 곳과 가고 싶은 곳이 같을 순 없잖아요 우리처럼,

출발 전부터 송홧가루는 체포되는 상상을 했을까요
발칵 뒤집힌 기분을 왜 질질 흘린답니까 잎 밖의 당신,

병들어 있는데 거꾸로 피를 흘리면서 초록에게 조약을 써야 하나요

>

병도 도굴당하기 쉬운 것이었으면 좋겠어요

송진으로 입을 막을 예정입니다 우린 부르짖기로 서약합니다
소용돌이는 저 나무에 있다고 말입니다

이것은 길이 아니라 어느 여행자의 긴 독백입니다

이 행성을 찾는데, 꼬박 백 년 하고도 사흘이 더 걸렸어요
보세요 당신의 첫 문장, 나무입니다

우리의 발목

쌀벌레에겐 비든 빛이든 별로 중요하지 않아요
움직임이란 다시 출발하려는 발목의 세계니까요

당신은 벌레가 들끓는 여름을 옥상에 펼쳐 놓아요
구름이 맑으면 맑은 대로
바람이 흐리면 흐린 대로 포대마저 찢어 놓았죠

빛의 모서리에 닿자 눈을 뜨고 걷는 것과
눈을 감고 걷는 계파가 생기네요
뒷걸음질쳐 봤자 분명 왔던 길은 아니었어요
쓸모만 궁리했다면 여름은 날개부터 지었겠지만

여름은 벌레로 벌레를 이어 달리는 옥상 계주
쌀은 흑장미,
우리는 장미의 파편이었죠
자주 젖었고 젖는 것과 시드는 일이 시큰둥해질 무렵

손끝으로 눌러도 죽지 않는 날이 우리를 살게 했죠

내 점각 무늬가 선명해지네요

벗어 놓은 질문이 하얗게 바스러져요
똥구멍 달궈진 옥상이 녹아요
여름이 여름을 관통하듯 우린 아직 생기지 않는
날개를 믿어요
우리의 발목이니까요
이제 어디든, 어디로든 갈 수 있어요

흑싸리

거꾸로 피는 흑싸리 사월
두견새가 왔다
울음은 달아나 버리고
눈곱 짚고 온 고함만 피었다

어둠이 잎이고 꽃인 흑싸리들
손에 쥔 것이라고는
어제 들어온 직불금 몇 푼이 전부지만
그것이 꼭 서운한 일만은 아니어서

하늘 가까이 피면 주름도 꽃이라고
두견새 우는 자리마다 판을 벌이는 것들
패를 쥔 손이 문득 올려다본 꽃잎처럼 떨린다

한때는 별을 지키던 문지기였던 흑싸리들
그만 발톱 가진 짐승 울음을 불러들인 탓에
여기 떨어져 밭고랑이나 돌보게 되었다지

아직 무덤 밖에서
무덤 속의 귀신들 이야기를 하는

저 껍데기들

죽은 척, 산 척,
척 척 갈라진 사월의 손금 위에서
또 한바탕 꽃놀이패를 흔든다

끝물

귀뚜라미는 구석을 키운다
월요일부터 일요일까지 구석을 키운다
맨드라미밭을 넘어왔다
채송화밭은 더듬이에 이고 왔다
고추밭은 그냥 두고 왔다

탄저병 걸린 그림자로 살아 있는 귀뚜라미
태양을 움푹 찔러보고 왔는지
울음만 붉게 젖어 있었다
그늘 푹푹 빠지는 말매미 소리를 찾아왔지만
삼 년째 똥오줌 받아 내고 있는
어느 집 마당에 와서야 제 발톱을 다듬고 있었다

소리는 말려야 한다는 것을 귀뚜라미가 안다
끝물, 목숨 길처럼
배밀이로 마루까지 안방을 밀고 다니는 귀뚜라미
오늘, 제가 가야 할 길을 열어 주는 저승사자를 만났다

통곡의 강을 열어 주는 귀뚜라미

담장 길을 뚫고 있었다 죽음이
저 혼자 가기 싫다고 달을 잡아당기고 있었다

새틴바우어새

그는 병적으로 물건을 수집한다 닥치는 대로 긁어모은다 인형을, 물안경을, 신발을, 뒤집힌 우산을, 추 없는 앉은뱅이저울을, 심지어 나방이 앉으면 까르르 웃는 백골의 배냇저고리까지

태어나기 위해 모인 거실인데 구석구석 구석이 되었다 멀리서 보면 야사, 가까이 가면 정사, 잘못을 빌 때마다 건기로 젖었으므로

어떤 기록은 방마다 잃어버린 몸을 끼워 맞추느라 난해해졌다

어디에 두어야 사방이 다리인 당신을 온전히 들어앉힐 수 있을까?

유령도 못 살 집이라고 구청 직원이 발음을 구긴다 그러나 그의 취향이 처음부터 이렇게 고상했던 것은 아니었다고, 아이와 함께 여자가 사라진 후부터라고, 쥐들이 수군거리자 눈깔사탕 인형이 소문의 눈동자를 덮는다

악취가 필요했으리라 채광 막이 필요했으리라

>

부패로 뒤엉킨 예의, 옹이투성이 풀여치,

새 골목을 물어 온 새틴바우어새,

죽어서야,

몸뚱이에 붙은 색이 그림자라는 것을 알게 되리라

거기

봄볕 가장 먼저 닿은 자리, 거기
개불알꽃이 피었다

한낱 귀에 묶어 둘 으르렁거림도 없이
핥아 볼 구석도 없이 납작 엎드려
녹다 남은 눈은 봄밤으로 타들어 간다

잡풀은 지심地心이라
어떤 약을 쳐도 죽지 않는다
날마다 출몰하고 매일 사라질 걸음,
헛꽃으로 걸어 놓고 한발 뒤로 오라
죽는시늉만 한다

실낱같은 목숨 빌던 정화수 그릇 같은
개불알꽃은 피지 않아도 핀다
그저 뒹구는 돌멩이 하나 움켜쥐고 핀다

엄마, 나 가지고 나서
입덧 묻어 둔 곳이 거기라 했다
꽃에서 까치 짖는 소리가 들린다

>

지심으로 되돌아간 첫봄을

거기라고 불러 보았다

거기는 엄마의 말이다

제4부

갈대가 운다

뗏장 밑이 저승길이라고
맨살 부비는 갈대가 운다
툭툭 떨어져 으깨진 발자국들이
봉분 앞에 모여들 때,

우리는 삽자루처럼 서서
담배 한 개비 불붙여 올려 드리고
서쪽의 안쪽부터 뗏장을 입힌다

낚시 좋아하는 아버지,
죽어서도 가물치 낚으시라고
저수지 내려다보이는 곳에 묘를 썼단다

그때 산그늘을 뒤흔드는 까마귀처럼
봉분 한쪽이 열린다
저승으로 옮기는 주소, 글씨가 까맣다
아니 촉촉하다 뗏장 뿌리내릴 때까지
신발 끈 조여 매고, 사십구일 동안
본적으로 뒀던 뒤주 냄새를 지울 것이다

항구

우리 집 새끼 청노새 이름을 항구라고 지었다

처음 문 어미의 젖꼭지를 젖 뗄 때까지 빠는
항구는 젖꼭지를 찾느라 눈앞이 깜깜하다
밥그릇 싸움에서 밀리면 결딴나는 게 삶이라는 듯

하필이면 왜 옆집 염소 새끼들을 견제하는 걸까?

염소 새끼들은 조록조록 붙어 있다
미끄러져도 다시 일어서는 발굽이 힘차다

저도 모르게 가닿는 분홍 음계,
거친 숨과 단순한 혀 놀림이 저만의 소리를 낸다
항구는 어떻게든 제 방식대로 어미를 지켜 낸다

몸을 치고 나온 것에 함부로 귀 열지 않았으므로
항구는 태어났다고 울지 않았다
배고프다고 울지 않았다

잠은 자꾸 눈꺼풀을 감기게 하는데

그건 이 생의 몸집을 커지게 하는 꿈이 아닌가
죽어야 살아나는 음계가 있듯이
다시 청노새가 이곳을 지나갈 땐
청노새는 청노새가 아닌 눈 감으면 보이는
월 화 수 목 금 토의 온음으로 살아가리라

모든 숨이 제 밥그릇만은 챙겨서 나오듯이
화창해 더 불안한 젖꽃판 아래
항구는 오래오래 숨을 짚으며
명동鳴動이 되어 가는지도 모른다

늑대의 알리바이

날개를 보여 주지 마세요
흰색이 흰색을 누설한 밤
나 오늘 죽고 싶어, 죽도록 살고 싶어

늑대 울음은 달의 선율인데
희미해진 잠이 새로 옮겨 앉을 때까지
나는 유머로 천공을 건너는 봄이고 싶어요

제 몸 엿보려고 잠시 지상에 왔다가
꽃 질 때까지 썩어 가는 목련 달

나무에 깃든 늑대 울음,
저 목련의 흰색으로 재어 볼까요?

로맨틱하거나 불순한 무리에는
떨어질 줄만 아는
발칙한 헌사가 몰려드는데

살냄새인지 꽃 냄새인지 몰라
달빛이 먼저 벌어질 때

송곳니 쿵쿵 자라는 봄의 언덕으로
나는 떠나겠어요 늑대와 함께

날개를 보여 주진 마세요
늑대는 마지막 발자국을 몸에 숨기거든요
소리로 날아가 버린
저 잎이 늑대 발자국이란 것은 나만 알죠

여름밤이 흐른다

개여뀌 흐드러진 습지
으스름 달빛이 물소리에 고입니다
달빛은 물총새 둥지로 갑니다
부리만 보입니다
아직 깃털이 없습니다
밤의 아가미로 숨을 감춥니다

삶은 아직입니다
습지의 가장자리를 잘근잘근 밟아
지느러미 몰던 삶, 검정이 감정일까요?
천천히 제 발을 벗어 놓습니다

오늘도 개여뀌 엄마는 이슬이 내리도록
진흙에서 나오질 않는데요
좔좔좔, 신나게 돌아가는 엄마의 물 미싱
그 소릴 받아먹어야 잠귀 밝아진다고 합니다

여름밤이 흐릅니다
5촉짜리 꽃잎을 띄우는 소리로
물옥잠 밑으로 건너오는 달그림자로

잠시 제 몸이 물고기였던 시절을 떠올립니다

물옥잠이 다시 씨앗으로 건너갈 때
삵은 달과 함께 털갈이를 시작하겠지요

구구소한도九九消寒圖*를 지나서

순록, 아홉 번째 아홉 날로 물든
내 몸을 건너왔네요
당신은 순록 발자국을 찾는 술래
공중엔 꽃잎 계단, 향기로 움찔거려요

순록, 뿔 살짝 솟으려고 할 때
붉은 개가 짖어요
어둠을 앞발로 파던 그림자도 따라 짖어요
취서산 한쪽이 환하게 일그러지네요
바람이 기왓장 슬쩍 들췄다 놓는 사이
대웅전 꽃창살은 달빛으로 차오르네요

미처 협곡을 튀어 오르지 못한 목어
순록 무리로 숨어들어요
그때 어둠의 가장자리를 튕기듯,
숨을 놓는 것은
뿔이 터뜨리는 첫울음이라고 했어요

누가 내 몸으로 순록을 이끌어 오는 걸까요

>

통도사 추위는 얼어붙는 것이 아니라
꽃눈을 녹이는 거라죠
그래요,
상처 없이 내 몸을 빠져나가는
순록이 봄밤이었네요
봄은 순록 발자국,
내 귀를 붉디붉게 두드리네요

* 구구소한도九九消寒圖: 동지에서 봄까지 81일간의 기상표로 봄을 기다리는 마음.

백일홍

욕이 하나님의 언어라면 믿으시겠어요?
여기는 호스피스 병동,
목구멍을 뱉는 욕이 있어 아침은 와요
욕은 천한 것이 아니래요
새들이 노래한다고 생각하지만 실은 욕을 하는 거래요
틈만 나면 나무가 그늘을 퉤퉤 뱉는 것도
그들만의 욕이 아니면 무엇이겠어요
보세요, 욕이 한바탕 병을 적시고 나면
해는 더 길어지고요 밤의 모가지는 겹꽃 별로 반짝여요
백일홍 엄마는 병실을 내려다보고 있어요
이빨 자국을 손목 빼곡히 피워 놓고
분침이 몽롱하도록 링거를 맞고요
꽃잎 몇 개 더 만들려고 복도를 깨워요
편도밖에 없는 앉은뱅이 의자가 되었다가
아무 때나 식판을 뒤엎는 베이비 로션이 되었다가
신의 언어로 완성된 백 일처럼 꽃이 되는 중이라는데요
있는 그대로 그린 꽃은 위험하기 짝이 없는 물건이라죠
욕도 마찬가지인 걸요 확 질러 버릴 때의 눈부심,
어쩜 거기 어디쯤 텃새 한 마리 살고 있어
철도 없는 욕을 물어 나르는지도 모르겠어요

꼭 백 일 동안만 욕으로 이 삶을 산다고 했어요
종탑을 맴도는 기도 손을 모은 신새벽,
제자리에 들기 위해 뒤척이는 당신의 백 일만 보이네요

기린분수

1.
랄랄랄라랄랄
나의 혀는 달리지, 세상이 홀딱 젖는 것도 모르고

온몸을 마구마구 흔들어대는 자두나무,
내가 핥아 놓지도 않았는데
먹빛을 마구마구 떨어뜨리고 있지

2.
울고 싶을 때, 가장 먼저 혀가 공처럼 말리지
구름도 매미도 번개도 울음을 간파하지 못하는데
나의 혀는
구구구구구 끝없이 울음을 뱉는 비둘기 같았지
나를 부르는 기도문 같았지
그래서 빗소리는 둥글게 솟구치는 거지

저 기린의 혀, 한 송이 꽃으로 피면
나무에 매달려 있던 달팽이가 툭, 떨어지지
수선화에 떨어진 것들은 꽃잎이 되지
떨어진 것들은 어떻게 비상을 해제하고 비상하는지 몰라

>

기린은 미끄럼틀로 진화하는 중이지
그걸 타고 아이들은 목을 축이고 저녁은 아이를 반성시키지

3.
아무 때나 기린의 혀가 반짝이는 이유
저 맨홀 속에 머리통을 숨겨 놓았기 때문이지

혀는 기린의 또 다른 눈동자라는데 믿어 주겠니?
우산도 없이 노는 그림자,
오후 5시를 오독오독 지나가는 기린들

분재의 온도

추적추적 진눈깨비는 창틈을 타고 내리지
분재가 된 어머니,
물방울 스미는 소리로 잠시 꿈틀거리지

애벌레도 아닌데 뿌리를 모으듯
손발톱은 가지런해지지
아직 피가 묽어질 시간도 아닌데
처음 만나는 흙냄새, 침대를 파고들지

몸도 영혼도 잠시 바깥을 끌어다 덮는지
잠이 젖었고 모서리뿐인 꿈도 젖었고
그림자 눕힐 눈꺼풀만 까맣게 일어서지

번간煩簡도 없이 맑아진 당신,
매화 기지개 켜는 소리가 아른거리지
필 듯 말 듯,
나무에 숨결을 음각하는 이 누구신지
새벽만이 꽃살 떨어지는 소리를 듣지

기저귀를 꽃처럼 피워 놓은 분재

죽음이 오는 쪽으로 기울지
침이 마르고 입술은 흙을 움켜쥐지 않지
침대 밑 물방울 눈금만이 노랗지

올빼미와 나무와 여우

광명光明을 등지고 자라는 목청이 있지
차디찬 밤의 화로에 앉아 한바탕 설산을 헤집고
들쥐로 발톱 물들인 나무 하나,
긴긴 겨울로 살지

나무는 낮달로 앉은 새소리를
정수리부터 하얘지는 동혈洞穴을 찢어 먹지
소화되지 않아 낭떠러지가 된 번개무늬 구름,
이 나무의 보호색이지

대기待機밖에 없어서 대기大氣는 흐르지
북회귀선을 따라 도는 별 지붕만이
방향을 놓지 않으려고 사력을 다한 이 나무가
야행성이라는 것을 알아채지

오늘 올빼미는 노인성*의 눈이 되었지
가까이 가도 달아나지 않는 굴처럼
털만 앙상한 여우의 허기처럼
등만 보여 아름다운 것들, 눈물 한 방울 흘리지 않고
젖었지, 한눈판 그림자를 가지려고

>

한순간 세상 밖으로 휘어지는 나무

동상으로 타들어 가는 밤을 덮어 주려고

동공마저 거둬 버릴 때

올빼미와 나무와 여우의 털빛이 겨울밤의 국경을 세우지

* 노인성: 사람의 수명을 맡아 보는 별자리.

추두부를 먹는 밤

추두부를 먹는 밤이다
두부 깊숙이 매복한 아가미의 힘, 노련하다
첫, 이라는 단어에서 나온 끈적거리는 목숨들
소금으로 제 영혼을 씻고 차가운 두부 속에서
진흙에 베인 추위를 다시 껴입고자 했을 터

서리서리 두부 속으로 파고든 가을밤
살갗 속 묻혀 있던 비늘은 성에꽃이었나,
뜨거운 것을 피해 땅을 띄우고 하늘을 내리밟는다
물 흐름이 적은 꽃대의 후연後緣으로 부풀려고
두부 속살에 머리를 들이민다

그러나 몸 비빌 세상은 없는지 고요한 반문
땅 그늘로 살았던 제 몸의 빛으로 떠 있었을까?

추두부를 먹는 밤이다
저 앞이 철조망 군부대인데
희고 무른 여자를 데리고 온 아들과 함께
추두부를 먹는다
총총 일어서는 탄피 같다

한 입 베어 물자 일제히 터지는 꽃송아리 같다
가깝고도 먼 곳으로 가는 아들 앞에서
멋모르고 기다린다는 말이 침묵을 터트린다
오래 바라볼 저 흰 것이 가을밤을 이룰 것이다

당랑권은 왈츠이고 탱고인데

가는 비에 사마귀 허물이 뚫리네
그 젖은 갈증으로 또 하루를 산다는 믿음
막무가내 내몰리는
제 폐부를 꿰고 지나가는 비

사마귀는 그을릴 입조차 없었는데
잠시 감춰 둘 날개옷도 없었는데

오늘은 촌각을 다투는 앞다리를 보여 주네
공중으로 굴러떨어지는 기마족처럼
명징한 제 이름이 등을 돌리기 전까지
생으로 죽음을 메우듯
죽음으로 생을 되돌려 막듯이
피 냄새 진동하는 한낮을 건너고 있네

급할 것이라곤 없는
저 허물 벗기가 왈츠이고 탱고인데
이 숨,
당랑권 곤히 펴 가을 속으로 들 수 있겠네

빚

새를 그리지 않았는데 새소리가 났다
입하 무렵이었다

저 이팝꽃을 폭설이라 부르자
누가 드라이아이스와
두 개의 수술 자국을 꺼내 새소리를 빚는다

청계淸溪 도로에서
이팝은 아무것도 하지 않고 서 있는데

저 흰 붓,
그림자가 나무에 붙들려 있다

내가 퉁퉁 부은 눈으로 공중을 만질 때
쏟아지는
빛, 녹지 않는 폭설이다

저 입술을 깨우지 마라

저 입술을 깨우지 마라
봄이 파묻은 곳
안개비 타들어 가는 욕망
모든 걸 걸고 만발하는 꽃의 무릎들

여자는 맨발로 벼랑을 달려왔으리라
녹는 줄도 모르고 솟구치며 왔으리라
눈은 감은 채로 바깥이라곤 모르는
걸음으로 도착했으리라

눈이 생기고 잎이 생기고 통증은
허리를 반쯤 꺾은 밤낮을 오르내리다가
벌릴까 말까 한 소리로 입을 삼키다가
열어진 속눈썹 하나 떨어뜨렸을 것이다

병실의 자세란 비딱하게 걸린 키스*에 가깝다
목구멍은 아무것도 넘겨 보지 못한
그곳이 천 길 낭떠러지임을 짐작했을 터,
모든 여백은 실눈을 뜬 채 듬직해지고 있다

>

그러나 벼랑에도 길은 있어 길길이 내리는 비
온다는 말도 없이 와 그녀의 자세를 바꿔 놓는다
세상은 여길 끝이라 하고 여자는 낙원이라 여긴다
남이 해 주는 밥을 먹으므로
아무나 들어오지 않으므로

입술 말갛게 건너간 꿈,
함부로 쫓지 마라
저 벼랑의 봄을 깨우지 마라

* 클림트의 그림 〈키스〉.

구름의 파종법

구름이 왔다 물과 결이 수직으로 쏟아졌다
씨앗을 뿌리는 계절,
비는 산과 나무와 강의 모든 음색을 바꿔 놓는다

가려운 피를 갖고 있는 씨앗들
밭의 둔덕으로 뛰어들었다
강의 뼈를 제 그늘로 뭉게뭉게 피워 내는 도술
구름의 속도를 갖기 위해,
씨앗은 안테나를 세웠고 몸의 생장점을 기록했다

빗소리로 강은 날카롭게 둥글어지고
지붕은 집 나간 영혼들을 처마에 숨겨 준다
뿌리를 모으고 있는 저 감자들,
으레, 식물들의 체위는 굽은 직선이다
기를 쓰며 수직으로 눕는 나무는,
구름의 파종법을 견디지 못하고 뿌리를 허공에 두었다

높고 낮고 틈만 있다면 물빛으로 메우는 빗소리
백 년 된 씨앗마저 깨우는 소리,
감자는 저녁을 끌어다 덮어 별 하나 키운다

제 어머니 무릎뼈 갉아 먹는 소리로
감자는 둥글어진다

해 설

말 없는 선율처럼

오민석(문학평론가, 단국대 교수)

1.

이 시집을 읽다 보니, 문득 에밀리 디킨슨(E. Dickinson)의 다음과 같은 시구절이 떠오른다. "희망은 깃털 달린 새처럼/ 영혼의 횃대에 앉아서,/ 말 없는 선율을 노래하고/ 결코 멈추지 않네". 윤경예의 시들은 말로 이루어져 있으나 마치 "말 없는 선율"처럼 아름답고 넓은 의미의 지평을 갖는다. 그녀가 사용하는 기표들은 기의와의 접속을 갈구하지 않는다. 그녀는 기의들을 자유롭게 풀어놓음으로써 기표-기의 사이에 의미의 광활한 풀밭을 만든다. 독자들은 지시 대상에 얽매이지 않으며, 여유롭고 자유롭게 그녀가 초대한 풀밭 위를 걸을 수 있다. 거기에는 어떤 정해진 루트도

이정표도 없다. 독자들은 자유롭게 산책하며 고정된 '의미(meaning)'가 아니라 '의미화 과정(meaning in process)'을 만난다. 독자들이 만나는 것은 규정이나 단정과는 거리가 먼, 어떤 아우라이다. 그리고 이 아우라는 "말 없는 선율"처럼 의미에 갇히지 않고 흐른다.

새를 그리지 않았는데 새소리가 났다
입하 무렵이었다

저 이팝꽃을 폭설이라 부르자
누가 드라이아이스와
두 개의 수술 자국을 꺼내 새소리를 빚는다

청계淸溪 도로에서
이팝은 아무것도 하지 않고 서 있는데

저 흰 붓,
그림자가 나무에 붙들려 있다

내가 퉁퉁 부은 눈으로 공중을 만질 때
쏟아지는
빛, 녹지 않는 폭설이다

—「빛」 전문

시인은 붓을 들어 “이팝꽃”을 “녹지 않는 폭설”로 그린다. 화가의 그림같이 눈처럼 흰 이팝의 풍경은 그 자체 특정한 어떤 것도 지시하지 않는다. 다만, “두 개의 수술 자국” “퉁퉁 부은 눈” 정도의 어휘들이 이 막연한 풍경에 의미의 그림자를 조금 흩뿌릴 뿐이다. 수술 자국은 누군가의 질병을, 퉁퉁 부은 눈은 어떤 아픈 사연을 연상하게 할 뿐, 그 이상의 의미로 독자들을 가두지 않는다. 독자들은 한여름에 만나는 한겨울의 풍경을 새로우나 납득할 만한 ‘그림’으로 읽는다. 그렇다. 윤경예 시인은 시를 ‘쓰지’ 않고 ‘그린다’. 그녀는 자신의 정서나 사상을 강요하지 않는다. 그녀는 애초에 자신의 정동情動으로 타자들을 전유할 생각이 없다. 그녀는 동일시야말로 엄청난 폭력임을 잘 알고 있다. 그녀의 언어는 지시의 언어가 아니라 그림의 언어이다.

봄볕이 내 곁을 막 지나가고 있을 때였죠

봄은 텅텅 채워진 고백인가 봐요
저 고백이라는 꾀꼬리
산과 들과 강을 건너와 있었죠

수양버들 앞에서
황금빛을 닮은 노래를 슬몃슬몃 내보였죠
작은 울음이 가지가 되고 잎이 되고
그늘이 되었죠 산길이 흐르고 있었죠

나는 말고삐 잡은 종놈이지만
내가 이 세계로 그림자를 끌고 나오기 전
명상을 하고 헛것을 그리는 화가였을라나
그것도 아니라면
노래와 울음이 섞인 길을 짜는 직조공이였을라나
아니지, 내가 봄빛을 물기 많게 이어 붙이는
꾀꼬리였겠죠

아까부터 버들가지에 눈길을 묶어 둔 것은
내가 그리다 만 말굽이 그만 꺾였기 때문인데요
햐, 뭣도 모르는 것들이
저 꾀꼬리가 봄날을 붙잡는다고 생각하나 봐요
히이잉, 말도 콧방귀를 날려 보내는 대낮이었죠

—「마상청앵도」 부분

이 작품은 조선 풍속화 중에 서정성이 가장 뛰어난 것 중의 하나로 평가되는 김홍도의 〈마상청앵도〉를 제목으로 달고 있다. 이 작품 외에도 이 시집에는 조영석의 〈이 잡는 노승〉, 정선의 〈과전청와〉, 클림트의 〈키스〉 등, 그림과의 교감에서 우러나온 작품들이 여럿 있다. 이는 윤경예 시인이 언어의 지시적 기능보다 회화적 기능에 더 많은 관심이 있음을 보여 준다. 위 시에서 화자는 아예 그림 속으로 들어가 "말고삐 잡은 종놈"이 되고, "꾀꼬리"가 되었다가, "화가"가 되기도 하는 등, 그림의 미장센을 고루 헤집고 다니며 ‘말 위에서 꾀꼬리 소리를 듣는(마상청앵)’ 서정을 화려하게 구현한다. 꾀꼬리의 “작은 울음”이 수양버들의 “가지가 되고 잎이 되고/ 그늘이 되”는 장면은, 붓의 상상력으로 기표들을 채색하는 시인의 섬세한 손길을 잘 보여 준다. 여기에서도 시인은 의미의 날 선 예각을 전달하기보다는 다층위로 열려 있는 회화적인 ‘분위기’를 전달한다. 그것은 아름다우나 고정 불가능하며, 많은 것을 담고 있으나 하나로 환원되지 않는 세계의 표현이다.

2.

그러나 모든 그림에도 틀이 존재하듯이 윤경예의 회화적 상상력에도 커다란 외곽이 존재한다. 윤경예의 상상력은 이 거대한 사각형 안에서 무한대의 의미들을 흐르게 한다. 그 틀의 한 축은 ‘죽음’이고, 또 다른 축은 ‘원시적 생명력’이다. 말하자면 그녀는 죽음과 생명이라는 넓은 반경의 고원을 설정하고, 그 안에 모든 잠재태들을 풀어놓는다. 그녀에게 있어서 사유란 죽음과 생명을 잇는 뫼비우스의 띠이다. 이 시집의 수많은 작품에 죽음의 기의들이 흩뿌려져 있으며, 그 모든 죽음은 그 길의 끝에서 원시적 생명성과 마주친다. 그러므로 시인이 볼 때 이 세계에서 일어나는 모든 사건의 출발어와 도착어는 생명과 죽음이고, 그 순서는 중요하지 않다. 생명이 있으므로 죽음이 있고, 죽음이 있으므로 생명이 있기 때문이다.

사부티 웅덩이에서 죽어 가는 여왕 물소
곡哭의 대형도 모르고 흙먼지 내려앉듯
피 냄새를 쫓아온 파리 떼같이 저녁을 끌고 왔다

사부티에는 비를 몰고 올 제비가 없으니
마른 웅덩이엔 물소의 뒷다리를 물고 늘어지는
코모도왕도마뱀이 있음을 누구도 알진 못했다

혀로 그림자 놀이하는 코모도왕도마뱀이 곁에 와도
눈곱으로 깊어진 여왕 물소 일어설 줄 모른다
동쪽에 머리 둔 신기루만이 저 콧등을 감아올린다는데
오늘 여왕은 무지개다리를 건너고 있는 걸까?

—「물소비」 부분

윤경예에게 죽음은 추상이나 개념 혹은 관념으로 존재하지 않는다. 그것은 거친 생명성 안에 들어 있다. 그녀에게 있어서 죽음은 원시적 삶의 복판에 내던져진 지뢰 같다. 그것은 구체적인 미장센 안에서 날것의 생명성과 마주치며 더욱 생생한 죽음으로 다가온다. (야생의) 웅덩이는 비가 넘칠 때는 원시적 생명성으로 충만하고, 말랐을 때는 사막 같은 무덤으로 변한다. 그녀에게 있어서 죽음과 생명은 이렇게 같은 공간 안에서 마주치므로 동일한 띠 안에 있는 두 개의 다른 풍경이다. 죽어 가는 "여왕 물소"의 피 냄새를 맡고 그 위에 들끓는 "파리 떼"는 죽음 위에서 피는 원시적 생명—꽃들이다. 거대한 물소의 사체를 "물고 늘어지는" "코모도왕도마뱀"은 죽음 위에서 "그림자 놀이하는" 생명의 혓바닥이다. 윤경예는 죽음과 삶의 이 생생한 장면을 움직이는 그림으로 그려 낸다. 그러나 그녀는 죽음과 삶을 특정한 의미로 절대 규정하지 않는다. 그녀는 의미 생산의 주체로서 "저자라는 신(the Author-God)"(롤랑 바르트, R. Barthes)의 지위를 스스로 버린다. 그녀는 '저자-제국'에서의 왕의 자리를 마다한다. 의미를 생산하는 것은 그녀의 그림 언어를 읽는 독자들의 몫이다. 독자들은 이 움직이는 그림을 보고, 삶과 죽음의 장면을 통째로 직면하며 깊은 아우라를 느낀다. 그림의 부분을 따로 떼어 내어 의미를 규정할 수 없듯이, 윤경예의 시들은 하나의 전체적인 풍경으로 독자 앞에 나선다.

노루 귀를 열고 오는 밤이 있다
죽은 내 어머니의 목소리가 있다
은결든 몸짓, 그것도 길이라고 기어코
움트는 자주감자의 눈이 있다
…(중략)…

노루 귀인지 노루 발자국인지
문득 나를 딛고 가는 밤이 있다

제 방귀 소리에 꼬리 야위는
눈 큰 소록小鹿의 밤이 있다

—「눈 큰 소록小鹿」 부분

죽음은 "노루 귀를 열고 오는 밤"처럼 생생한 몸의 통로를 따라온다. 시인은 죽은 자의 목소리에서, "움트는 자주 감자의 눈"을 떠올린다. 죽음이 반추하는 이 놀라운 생명력을 보라. 시인은 생과 죽음을 박치기시키면서 세계의 풍경을 그려 낸다. 시인은 죽음을 "제 방귀 소리에 꼬리 야위는" "눈 큰 소록小鹿의 밤"처럼 선명한 모습으로 붓칠한다. "은결든 몸짓"은 산 자가 겪어 낸 깊은 고통의 생애를 넌지시 암시하지만, 그것 이상으로 의미를 규정하지 않는다. 죽음을 "나를 딛고 가는 밤"이라 부르지만, 이런 명명命名은 죽음에 대한 그 어떤 단정도 가지고 있지 않다. 이런 의미소들은 풍경에 깊이를 더하는 음영이고, 덧칠의 강도이다. 그러므로 윤경예의 시들은 그 흔한 '무의미의 시'가 아니다. 그녀의 시들은 의미를 가지되 단정하지 않고, 널리 풀어놓으며 화폭에 (파인 웅덩이 같은) 생의 통증을 기입한다.

나무에 깃든 늑대 울음,
저 목련의 흰색으로 재어 볼까요?

…(중략)…

살냄새인지 꽃 냄새인지 몰라
달빛이 먼저 벌어질 때
송곳니 킁킁 자라는 봄의 언덕으로
나는 떠나겠어요 늑대와 함께

날개를 보여 주진 마세요
늑대는 마지막 발자국을 몸에 숨기거든요
소리로 날아가 버린
저 잎이 늑대 발자국이란 것은 나만 알죠

—「늑대의 알리바이」 부분

윤경예 시인은 죽음을 사유할 때도 항상 원시적 생명성을 끌어들인다. "송곳니 킁킁 자라는 봄의 언덕"이야말로 생명이 분출하는 자리이다. 그녀는 바로 그런 야생의 생명성, "늑대와 함께" 떠나겠다고 말한다. 늑대는 죽음("마지막 발자국")조차도 살아 있는 몸에 각인한다("몸에 숨기거든요"). 그렇지만 이 모든 그림에 '그러므로 ~은(는) 무엇이다'는 규정—명제는 존재하지 않는다. 그는 생명과 죽음이 교차하는 세계의 모습을 생생하게 그려 낼 뿐, 거기에 어떤 의미의 중심도 세우지 않는다. 이것이 지시-언어가 아닌 그림-언어가 가지고 있는 힘이다. 그녀는 이런 식으로 산문 행위 혹은 직접적 진술 행위를 최대한 지워 나가며 '시적인 것(the poetic)', 혹은 회화적인 강밀도(intensity)를 키운다.

3.

윤경예 시인에게 있어서 죽음은 한계이고 절벽이며 사유의 모티브이다. 그것은 피해 갈 수 없는 것이므로 일종의 필연성이다. 그러므로 그녀의 사유의 더듬이가 향하는 곳마다 죽음의 생생한 현실이 포착된다. 죽음에 대한 사유는 회피할 수 없는 현실이다. 그러나 모든 살아 있는 생명체에는 "빛"의 명령이 삽입되어 있다. 그 명령은 죽음의 늪에서도 끊임없이 넘치는 야생의 힘을 찾는 것이다.

> 무덤과 무덤의 틈
> 들개 새끼는
> 죽은 자들의 이름 뒤에서
> 태어나고 있었다
>
> —「벽제동 산4-1번지」 부분

그녀는 죽음을 죽음으로만 읽지 않는다. 죽음의 틈바구니에 그녀가 끼워 넣는 "들개 새끼"는 무수한 죽음을 넘어서는 야생의 힘이다. 죽음은 죽음만큼 새로 태어나는 강령한 생명성 때문에 세계의 황제가 될 수 없다. "죽음이여, 자만하지 말지어다" "죽음이여, 너도 죽으리라"는 존 단(J. Donne)의 소네트처럼 죽음이 죽이는 생명들은 탄생의 연쇄고리를 끊임없이 만들어 내며 죽음에 저항한다. 죽음이 필연성이라면 생명도 필연성이다. 그것은 세계를 구성하는 필연성의 두 축이다. 그러므로 누가 죽음에만 매달려 질질 짤 것이며, 생명에만 매달려 헛된 희망을 노래할 것인가.

나는 먼 데에서 와서 비늘이 긁혔다가 새로 돋는 정오의 바다를 봐요

심해의 어둠에 미끄러지는 걸 좋아하는 풀치들
아가미 내리그으며 쏟아지는 어둠 속에서
수평선으로 당겨졌다가 이내 물러서는 춤을 추고 있는지

당신은 그 춤을 오월 사리라고 이야기했지요

…(중략)…

가늘고 긴 당신의 숨소리처럼 봄빛 덜 빠진 바다
아직 두꺼운 낯을 가진 여름은 시작되지 않았죠
그래서 심해는 차고 깊고 해초들은 무섭게 자랐죠

어떤 쪽에서도 출항기를 쓰는 뱃고동 소린 들리지 않았죠
그러나 저 무수히 많은 오월 사리가 사라진다 해도
당신은 결코 저 춤을 건지는 일은 멈출 수 없다고
물이 살져 오른 포구에서 기어이 닻을 올리고 있었죠

심해 밑이 아가미 명당인 걸 당신은 어떻게 알았을까요
다순구미 볕을 괴고 있던 당신의 어깨가 들썩거릴 때
다 갯바닥에서 피어오르는 저 춤 때문에
머리 풀린 어스름이 해안가로 번져 온다고 했지요

심해는 비늘밖에 보이지 않아 심해라지요
나는 지금 뼛속까지 훤히 비추고도 남을 저 춤을 따라가요
내 몸이 짠 내 나는 파도임을 아는 난 풀치이니까요

—「오월사리 혹은 풀치의 꿈」 부분

제12회 '목포문학상' 수상작이기도 한 이 작품은 바닷속에서 거대한 물결에 제 몸을 맡기며 생명의 춤을 추는 "풀치"의 움직임을 큰 화폭에 생생하게 잡아낸다. 어린 물고기는 비늘을 긁는 거친 물결을 타며 살아 있는 생명의 잔치를 벌인다. 죽음처럼 차가운 심해에서도 무섭게 자라는 해초들도 이 화려한 오케스트라에 동참한다. 화자는 거대한 공간(바다)에서 유영하는 이 작은 생명에서 희망의 '빛'("뼛속까지 훤히 비추고도 남을")을 보며, 그것과 자신을 동일시("난 풀치")한다. 이렇게 되면 윤경예 시인이 무엇을 지향하는지가 더욱 분명해진다. 그녀는 생명성의 축제로 죽음의 필연성에 맞선다. 그 사이 어디에서도 죽음과 생명에 대한 개념적 진술은 존재하지 않는다. 그녀는 다만 죽음과 생명의 큰 틀 안에 다양한 회화적 이미지를 흩뿌림으로써 세계의 움직이는 풍경을 보여 줄 뿐이다. 독자들은 그녀가 만든 화폭을 부분

이 아닌 전체로 바라보며 서정성이 가득한 의미들을 생산한다. 그런 의미에서 이 시집은 열린 텍스트(open text)이다.